누렁이 마음

모아드림 기획시선 103

누렁이 마음

이원식 시집

모아드림

■ 自序

비둘기, 누렁이, 도둑고양이,

개미, 붕어, 꽃, 꽃잎,

돌, 하늘, 달, 비 그리고

들키지 않게

흘리는

눈물.

늘 걱정해 주셨던 아버지

살아계셨다면 무슨 말씀을 하셨을까

이 부끄러운 한 권의 시집.

2007년 봄

이원식

차 례

自序

제1부 버려진 자개장

제2부 낯선 모이

제3부 노루귀

제4부 하얀 고백

제5부　겨울 메꽃

연시조 4편

■ 해설 · 유성호

제1부
버려진 자개장

다시 찾은 절터

길손이 반가운가
손 내미는 당간지주

뒤뜰에 핀 능소화
눈시울이 붉어지네

하늘을 담은 차 한 잔
화두(話頭) 한 마리
날아간다

누렁이 마음

이 생(生)엔 그대에게
다가설 수 없는가

떨어지는 꽃잎하나
위로할 수 없는데

어쩌랴!
두 눈 깊숙이
제 스스로 눕는 풀들

풍장(風葬)

유리창에 갇히어
박제가 된 무당벌레

화려한 계절은
아쉬움만 남기고

창 열자 꽃잎이 되어
날아가는
칠보단장(七寶丹粧)

귀천(歸天)을 위하여

비 개인 저 하늘보다
가벼울 수 있을까

닿을 듯 날아가는
가릉빈가* 노래소리

쪼아 문 하늘의 살점
새장 속에 쌓여간다

* 가릉빈가(迦陵頻伽): 불경에 나타나는, 깃이 아름답고 소리가 고운 상상의 새.

비구니와 커피

피었다
지는 것이
어찌 한 잎
꽃뿐이랴

반쯤 비운
찻잔 속에
여울지다
눕는
내아(內我)

쓰디쓴
한 잔의 향기
혀끝에 지는
여심(女心)인가

바람도 없는 밤

탁발(托鉢) 떠난
풍경소리
행여 찾지
않았을까

가만히
귀 기울이면
마른 잎
눕는 소리

우바이*
젖은 베갯잇
속(俗)을 벗지
못하네

* 우바이(優婆夷): 속가에 있으면서 계(戒)를 받고 부처님을 믿는 여자. 청신녀(淸信女).

무생가(無生歌)

머물 수 없다는 것
알기에
다 알기에

다비(茶毘) 속 화무(花舞) 한 자락
추고 가는
나그네

길섶에 옷 벗어두고
웃고 있는
저
진여(眞如)

학림사*의 망중한

한나절 기와불사
예(禮) 갖추는 절도량

만장(萬丈)으로 굽은 노송
흰 구름을 낚고 있네

돌부처,
큰스님 따라
하품하고
안 한척

* 학림사(鶴林寺): 신라 문무왕 11년(671년) 원효대사가 창건한 사찰. 서울
시 노원구 상계동 소재.

24

간밤에

꽃바람 불고 달소수*
벚꽃 눈이 쏟아졌다

교교한 달 휘어 감는
하얀 휘파람 소리

유리잔 물오른 양파
환(幻) 하나를 꿰뚫었다

* 달소수: 한 달이 좀 지나는 동안.

하늘로 흐르는 강
― 종군위안부 할머니를 생각하며

열일곱 깨문 입술
달빛마저 붉었다

까치발 디딘 자리
고여 있는 달그림자

어디쯤 닿아있을까
저며 띄운 무명* 꽃잎

* 무명: 무명실로 짠 피륙. 목면포(木綿布).

태극기가 바람에 펄럭일 때

함초롬히 야윈 할미
태극기를 팔고 있어요

안면기형(顔面畸形)에 아미 감추고
한평생 에이는 맘

저 손님 고개 돌릴까
깃발 뒤에 가려 섭니다

꽃을 위하여

제철도
아닌 꽃이
꽃밭에
피어있네

다가가
마주한 꽃
손 깊숙이
감추는 조화(造花)

아니다!
맺힌 눈시울
그대 진정
꽃이다

버려진 자개장

풀잎의 손짓들이
한 줄 시(詩)였다는 걸

새들은 바람보다
늘 앞서 날아갔다

가슴에 박힌 꽃들이
흔들리고 있었다

어떤 해탈(解脱)

불두덩이 걸터앉아 세상을 뒤집는다
거북한 시선에도 이 악물고 참아내다
뻥이요!
놀란 가슴에
게워내는 흰 꽃들

돌의 깊이

가던 길 모퉁이에
돌 하나
박혀있네

빼내려 빼내려다
불혹(不惑)이
지나가네

생(生)이란 이런 것인가
파낼수록
아득한 것

마주한 거미

불어도
불어내도
자꾸만
따라오는
옥빛의
여린 몸짓
다칠까봐
다칠까봐
미묘한
이승의 인연
전생의
연인이었나

제2부
낯선 모이

다듬이질

지붕 위
붉은 해는
서산으로
기우는데

할머니와
어머니는
그칠 줄을
모릅니다

풀 먹인
세월의 한(恨)을
두드리고
두드리고

자모사(慈母思)

뺨 어르고
가는 바람
당신의
손길입니다

고우신 손
꼭 붙잡고
배웅하던
꽃길에서

보랏빛
이름 모를 꽃
슬며시
잡아봅니다

봄비

4월이 떠나갑니다
입술 깨문 벚나무

눈물 배인 꽃잎들을
하나 둘 떼어냅니다

해마다 그러했듯이
하얀 시(詩)를 남길 겁니다

바퀴를 위하여

유모차 속 아가가
할미보고 웃는다

휠체어에 앉은 할미
아가보고 웃는다

삶이란 구르는 바퀴
요람에서
무덤까지

암자 가는 길

한줄기 소낙비에
눈물 한 점 씻어내고

세속에 절은 마음
돌멩이 한 개 쌓고 간다

몸마저 버리고 가면
나(我) 더욱
가벼울 텐데

새

모르는
새 한 마리
나를 보고 있구나

날아가면
곧 잊혀질
가지위에 앉아서

그 어느
전생의 기억을
더듬는 건
아닐까

게이트볼

숨 돌릴
겨를 없이
어르신
좇아갑니다

툭!
부딪는 소리에
하루해
흠칫합니다

세월을
닮은 공(空) 하나
모질게
후려칩니다

김천 나서는 길에

삼오야서* 풍경 소리
노을보다 붉어질 때

노시인은 대문 밖에
말씀으로 서 계실까

차창 밖 소소리바람에
글썽이는 산수유

* 삼오야서(三五野墅): '15평의 작은 농막'이란 뜻으로 김천에 있는 백수(白水) 정완영 선생의 집필실 이름.

오월주(五月酒)

한 오라기 향기조차
오롯한 풍악(風樂)입니다

영산홍(映山紅) 붉은 입술
눈썹 세운 철쭉꽃

채운 잔 거듭 비워도
곡조 아직 쟁쟁합니다

꽃씨

구름 한입 베어 문
누렁이 두 눈 속에

노을 걸친 집배원
꽃길에 잠시 섰다

제 몫을 건네는 꽃들
손 흔들며
꼽는
여일(餘日)

낯선 모이

비둘기 쪼던 자리
남아있는
상흔(傷痕)들

음식물 쓰레기도
벌레들의 알도 아닌

누군가 적시고 버린
늦가을의
빈 껍질

몹시 아프던 날

천둥소리에 놀라
깨어보니 새벽이었다

창문밖 젖는 소리
빗물인 줄 알았는데

어둠 속 숨어서 우는
작은 새의 눈물이었다

은행나무 가로수길

주머니 속
손을 내어
슬그머니
펼쳐봅니다

잊었던
새 한 마리
푸드덕
날아갑니다

익숙한
그해 가을이
발등 위에
눕고 있어요

비 그친 후

나뭇잎이
뚝뚝
뚝
눈물을
멈췄습니다

하나
둘
개미들이
집으로
돌아갑니다

노을 녘
붉은 눈물길
가만가만
밟고 갑니다

겨울 고사목

마지막
잎새마저
미련 없이
떼어냈다

다 비우고
남은 한 짐
시리지도
않구나

가만히
눈을 감는다
들려오는
해조음*

* 해조음(海潮音): 파도소리 또는 불가(佛家)에서 부처님 말씀을 조수(潮水)소
리에 비유한 말.

반(半)을 위하여

계절을 잃은 철새
날개를 떼어냈다

역사(驛舍)도 벤치도 아닌
눈먼 가로등에 기대어

남겨둔 기억의 반(半)을
들이켜고
있었다

제3부
노루귀

새벽길

풀잎에
맺힌 눈물
바짓단을
적십니다

저만치
돌아보면
잊혀진 듯
아득한데

떠날 때
배웅하던 달
돌아설 줄
모릅니다

노루귀*

깊은 산
깊은 숲 속
명상에 잠긴 나무들

가만히 눈 꼭 감고
적요(寂寥)를 밟고 있네

발밑에
하얀 노루귀
이슬이 맺혀있네

* 노루귀: 여러해살이풀로 봄철 산지 숲에 흰색 또는 담홍색 꽃이 핀다.

달

가슴을 앗아버린
그 꽃은 아닐지어도

긴 밤 홀로 하얗게
그대 빈 뜰을 비춘다

이루지 못한 사랑도
아름답지 않은가

중랑천에서

장맛비 그친 후에
황톳물 흘러갑니다

눈물고인 붕어들
고향땅을 떠나갑니다

돌아볼 겨를도 없이
빈손으로
따라갑니다

개울가에서

돌멩이 하나 집어
물수제비를 뜬다

머얼리 하나 둘 셋
다시 만날 때까지…

어느 것 하나 집어도
수천 겁(劫)도
넘은 인연

여름

7월의 눈물은
오래가지 않았다

허물 벗은 매미의
오열(嗚咽)이 시작되자

8월의,
벌겋게 달군
고삐가
툭!
끊어졌다

덕분에

밤나무 가지 끝에
밤송이를 쪼던 멧새

짓궂은 소낙비에
푸드덕 놀란 날갯짓

포르르
툭! 뒹굴면서
깔깔대는
알밤들

난초화(蘭草畫)

새벽이슬
한 방울
맺혀보지
못함을
당신은
아시는지요
바람결에
날아오는
당신의
향기에 취해
시들고픈
이 심정을

마지막 잎새

민들레*의 향기에도 선뜻 따라가지 않더니
붉은 입술 깨물면서 마른 지조 지키더니
누추한 계절에 고작
바스라기 되려고

* 민들레: 2004년, 제7호 태풍 이름.

얼굴

오래된
낙엽처럼
힘겨운
사진 한 장

세월의 때
입고계신
그 시절
내 아버지

이제 와
자세히 보니
내 얼굴이
거기 있네

세월꽃

미풍(微風)에 못 이기어
떨어지는
저 꽃잎도

한 시절
그 누구도
꺾지 못한 꽃이었다

저기 저 백발노인도
아마
흰 꽃이 아니었을까

네모 딱지

흰 달력 시멘트 봉지
귀하디귀한 종이

정성껏 접고 접어
빳빳이 날(刀) 선 보물

왼 발끝 비끼어 치면
뒤집어지는 하루해

사부곡(思父曲)
— 달밤

보름이
언제인가
달이 무척
둥글다

어느 밝은
보름밤
아버지와
걷던 생각

저 달도
기억하겠지
셋이 함께
걷던 밤을

시골 할미

무 논에
비 내리면
하늘 한번
쳐다보고
감자 몇 알
솥에 넣고
툇마루에
걸터앉아
효자손
등 한번 긁고
빗소리에
눈감고

해금소리

긴 모가지 절은 몸통
달 울음을 삼켰다

허기져 토해내는
애달픈 윤회의 한

끊길 듯
끊기지 않는
아귀*의
날(刃) 선 절규

* 아귀(餓鬼): 불교에서 말하는 몸이 앙상하게 마르고 목구멍이 바늘구멍
만해 늘 굶주림에 시달린다는 귀신.

하얗게 서서

조계사 대웅전 앞
합장하는 흰 소나무*

누대(累代)를 입적(入寂) 않고
흰 뼈마디 묵언고행

미완(未完)의 그대를 위한
불구승의 알몸 보시

* 서울 수송동(壽松洞)의 백송(白松), 천연기념물 제9호.

제4부
하얀 고백

안과 밖

그녀의 손끝에는
식어가는
헤이즐넛 향

시공(時空)을
꼭 붙잡는
창밖의
시선 하나

노점상 한쪽 바닥에
굳어버린
자장 한 그릇

119에서 알립니다

방금 울린 사이렌은 가스 불에 냄비를 올려둔 채
집을 비워 일어난 사고입니다

파랗게, 허둥거리며 달려가는 할머니들

금산(錦山)의 아침

산골의 새벽 공기
무슨 말이 필요한가

뜨거운 커피 한 잔
이슬도 맛보려하네

수줍게 걷히는 안개
인삼 밭이
눈뜬다

무가무불가(無可無不可)

어느 봄날
초등학교
담벼락이
헐리더니

가을엔
중학교
담벼락이
헐렸다

하나 둘
쌓은 담벼락
하나 둘
허는 담벼락

반짝

몸 낮춰 젖혀보니
가을빛
작은 눈물

주인과의 생이별에
한동안
맘 저몄을

칠보꽃 박힌 머리핀!
시어(詩語) 하나
줍는다

영화에서처럼

안개비
내리는데
우산도
쓰지 않고
정거장
벤치에 앉아
거리를
바라본다

세상은
우연한 스냅사진
약간 젖은
오버랩

낡은 구두

이 무슨 소리인가
삐걱거리지 않는가

돌아볼 겨를 없이
갸웃한 걸음걸이

갈 길은 멀기만 한데
닳아버린
생(生)의 굽

만추(晩秋)

붉게만 붉게만
익어가고 있었다

풀벌레 여문 울음에
턱을 괴는 누렁이

바람도 불지 않는데
홍시 하나
지레
툭!

가을 허기

9월의
빗방울이
창문을
두드립니다

빈 가슴
채우기엔
차 한 잔
너무 아쉬워

이메일
편지함 속을
열고 또
열어봅니다

추일(秋日)
— 박용래 시인을 생각하며

뚝
뚝
물오른 하늘
어느 시인의
눈물

잠자리 잠자리
잠자리 잠자리

잡힐 듯
손에 물드는
푸른
눈물
한 방울

무서운 놀이

아이들 셋이 모여
거미를 괴롭히고 있다

긴 나무 막대기로
전생(前生)을 짓고 있다

고통의 몸부림만큼
찡그리는
아이들 얼굴

초승달

귀뚜리
성난 울음
새벽은
벌써 춥다

계절은
어김없이
한 바퀴
돌아가는데

한 사내
술병에 빠진 달빛
벤치 위에
널고 있다

하얀 고백

부릅뜬
타이어가
지르밟고
있었다

활짝 편
모습으로
짓이겨진
비둘기

곱게 편
하얀 손수건
한 장인 줄
알았다

인사동 찻집에서

한잔 하고 가시는가
지등(紙燈) 스치는 바람

반쯤 비운 잔 곁으로
곡조(曲調) 하나 날아든다

찻잔 속 잠긴 그림자
새장 속에 젖는 풀잎

네 몫의 사랑

사흘을 꼬박 앓고
걸어보는
새벽길

가로수
시린 손으로
눈꽃을 뿌려주네

두 뺨에
닿는 흰 손길
못내 겨운
네
눈물

사랑

겨울밤
병든 새끼 고양이
식어버렸다

품속의 아늑한 잠
깨어나길 기다리다

어미도 아이의 긴 잠
따라 자고
있었다

제5부
겨울 메꽃

무량한 사진

범어사 짙은 향내
손끝에 배어납니다

불혹(不惑)토록 지은 죄업
절로 눈 감깁니다

어느새 딛고 있어요
대웅전 돌계단을

정월 보름밤

고향 마을 달빛은
눈 감아도 밝구나

단숨에 언덕에 올라
빌어보는 소원 하나

면벽승,
마음 슬며시
밟고 오는 고향 땅

솔깃

우수(雨水) 지난 창밖에
반달이 피어있다

저 달마저 지고 나면
겨울도 떠나겠지

바스락!
못내 들은 척
잠귀 밝은
봄의
섶

도둑괭이의 봄

겨우내
부르튼 발
못내
핥아가면서

단 한번도
끝이라고
생각한 적
없었다

4월의
향기 적셔준
그 꽃잎을
못 잊어

그들도

전철역 플랫폼에
공양(供養)하는
비둘기들

버려진 꽃이라며
꾸루루룩
꾸루룩

세상은 그런 거라며
꾸루루룩
꾸루룩

사라진 공원

새들의
지저귐이
눈물인 줄은
몰랐다

벤치가
있던 자리
젖어있는
깃털 하나

넋 삭여
남겨준 시어(詩語)
공원보다
큰 공허

비 갠 날의 삽화

먼발치 물웅덩이
비스듬히 비친 모습

심연(深淵) 깊이 잠겨있는
눈물 고인 하얀 구름

가까이 다가선 순간
구정물 속 흐린 얼굴

인사동 사건

소나기를 만났다
허둥지둥 뛰었다

부레옥잠 어항 속
빗방울에 핀 무지개

처마 밑 비둘기와 나
꼼짝 없이 보고 섰다

마네킹을 위하여

불 꺼진 쇼윈도우
가을에 젖고 있다

풀잎 하나 없어도
귀뚜라미 울음소리

어떻게 들어갔을까
또 어떻게 나올까

가을 풀섶

새벽 낯선 바람 한 점
굽바자*를 지나갈 때

반쯤 시린 눈시울로
새긴잎*을 움츠렸다

차안(此岸)을
게워낸 벌레들이
찬 이슬에
젖고 있다

* 굽바자: 작은 나무 가지로 엮어 만든 얇은 울타리.
* 새긴잎: 결각(缺刻)으로 된 식물의 잎.

배오개다리*에서

밀쳐둔 식판 위로
달려드는 비둘기들

노점 주인 발길질에
천변(川邊)으로 날아간다

일제히
손 흔드는 수초들…
벗어나지 못한다

*청계천 22개 다리 중 하나.

사부곡(思父曲)
— 산책길

달 밝은
겨울밤에
아들과
걸어갑니다

넌지시
하고픈 말
주머니 속
접어 넣고서

철부지
그때 내 모습
아이만
보며 갑니다

겨울의 환(幻)

바람의 날(刃)을 피해
은밀히 나선 밤길

술 취한 사내의 발에
부서지는 청맹의 잎들

초로의 별빛 하나가
현기증을 일으켰다

분신(分身)을 위하여

달빛 아래 오도카니
도둑괭이 한 마리

동백을 바라본다
그느르지 못한 죄

사방엔
피 흘리는 바람
미동조차
않는다

겨울 메꽃

섣달 그믐 호젓한 밤
이 밤에도 꽃은 필까

외진 길가 마주친
폐지 줍는 할미의 눈

천근의 발길을 좇는
괭이들의 아우성

양로원 할머니가 본 것

창문 밖 어렴풋이
흐린 눈에 비친 것은

온종일 눈에 덮인
하얀 세상이 아니었다

처마 끝 오갈 데 없이
떨고 있는
참새들이었다

연시조 4편

만해(卍海)의 옷깃

오세암 풍경소리
잊고 가는 영혼소리

긴 겨울 달을 품고
옥창(獄窓)의 서시를 쓴다

넋 태워 날선 등잔불
임을 향한 선문답

침묵의 시린 돛배
화두(話頭) 앓는 종소리

고향땅 고목(枯木)에 필
매화꽃을 기다리며

잠든 숲 겨울눈꽃의
밤 향기를 낚고*있다

* 만해 선생의 한시(漢詩) 중에서 인용. 원문은 "枯樹寒花收夜香."

동묘(東廟)*에서

해질 녘 공원 한 켠
신문지 펴고 앉아

바람과 대작(對酌)하며
가슴을 접는 노인

조막손 엎지른 술잔
담을 수가 있으랴

맺힌 듯 젖어있는
현령소덕관공지묘(顯靈昭德關公之墓)

온기 잃은 발자국만
갈 곳 잃고 헤맬 즈음

길손이 머물던 자리
귀뚜리만 뛰노네

* 동묘(東廟): 선조 35년(1602년)에 창건. 중국 삼국시대 관우(關羽)의 영(靈)
이 모셔져 있음.

정체성을 찾아라

지난밤 도둑고양이 눈빛에 가슴 베인
틀 속의 햄스터는 분명 버림받은 것이다
늙어서 냄새나거나 병들어 귀찮다며

이제 더 이상 눈곱 낀 애완용이 아니다
세상을 뜯어 삼키는 쥐가 되기 위하여
긴 발톱 날선 이빨을 품어야할 것이다

절뚝이며 무표정한 풍 맞은 노파가
쌈지 속 우울한 강냉이 몇 개 집어주곤
쓴 하루 질끈 씹으며 돌아서고 있었다

퇴계(退溪)의 편지

세한의 바람조차 수묵으로 눕는다
한서암(寒栖庵) 옥계 위에 배어있는 절구(絕句)소리
방금 켠 등잔불 하나 이내 귀를 세운다

묵향에 취한 손끝
속울음을 삭이는 밤

뜨락 위 옷을 벗고
농담(濃淡) 앓는 달그림자

연적에 새겨진 꽃잎
물빛으로 떨고 있다

동천(冬天) 이미 어두운데 눈먼 새가 울고 있다
마지막 남은 한 줄 못내 겨운 이명(耳鳴)인가
세모(細毛)에 숙인 허리를 다시 고쳐 앉는다

정형으로 빚어진 비승비속(非僧非俗)의 서정

이원식론

유성호

(문학평론가 · 한국교원대 교수)

1.

이원식 시인은 2004년 《불교문예》에 시가, 2005년 《월간 문학》에 시조가 각각 당선함으로써 문단에 나왔다. 이번에 펴내는 첫 시집 『누렁이 마음』(모아드림, 2007)에는, 그가 오랜 시간 적공(積功)을 들였을 가편(佳篇)들이 한집안의 식구들처럼 나란히 모여 있다. 특기할 것은, 이번 시집이 시조(時調) 가운데 주로 단수를 모아놓은 정형시집이라는 점이다. 시집 말미에 네 편의 연시조를 부가하고는 있지만, 그렇다고 단수 시집으로서의 속성이 반감되지는 않는다. 요컨대 이원식 시인은 자신의 첫 시집을 정형의 가장 기본 틀이라고 할 수 있는 단수들로 구성함으로써, 오랜 시간의 습작 기간과 함께 시를 향한 자신의 엄격성을 보여주고 있다 할 것이다.

원래 자유시와 정형시 사이에는 엄연한 형식상, 내용상의 차이가 존재한다. 그 가운데 내재율과 정형률 사이의 형식적 차이는 선험적 규율로서 존재하는 것이지만, 개인의 서정에 기반을 둔 자유시와 공동체적 정조의 반영에 힘을 기울였던 정형시 사이의 내용적 차이는 경험적이고 역사적인 함의를 띠는 것이다. 따라서 시조에 가해지는 현대성 반영의 요구에는 일정한 제약이 따를 수밖에 없다. '시조'라는 양식 안에 현대성의 첨단인 해체 혹은 반(反)미학의 속성까지 담아낼 수는 없는 일이기 때문이다. 그 점에서 정형시는 자유시와는 전혀 다른 심층적 전언(傳言)으로 현대성에 응답해야 하는 과제를 떠안고 있다고 할 수 있다.

이원식 시편 안에도 시조 양식이 견지할 수 있는 그러한 조화로운 형식과 심층적 전언이 단단하게 담겨 있다. 그 가운데 가장 먼저 눈에 띄는 것이, 시편 곳곳에 깃들여 있는 불가적(佛家的) 요소라고 할 수 있다. 물론 그의 시편들이 이른바 '선시(禪詩)'의 형식을 빌리고 있거나, 불교적 명제를 시적으로 단순하게 번안하고 있는 것은 아니다. 오히려 그는 성(聖)과 속(俗)의 경계선에서 생의 깊은 이치를 궁구하는 비승비속(非僧非俗)의 서정을 단아한 정형 속에서 보여주고 있을 뿐이다. 그것이 그가 '현대시조'라는 양식을 통해 표출하고자 하는 '시적인 것'의 핵심이다.

또한 그의 시편 안에는 자연 사물 속에서 생의 이법(理法)을 발견하려는 의지가 강하게 묻어나온다. 그리고 자연 사물 속에 담겨 있는 신성한 가치에 눈을 뜨는 과정이 일관되게 표출되기도 하고, 그 과정에서 종요로운 인연에 대한 따뜻한 기억을 펼쳐보이기도 한다. 이 길지 않은 글은, 이처럼 다양한 언어로 출렁이고 있는 이원식 시조 미학의 경개(景槪)를 가로지르고자 하는 것이다.

2.

이원식 시편의 기저(基底)에는, 인식의 차원이든 표현의 차원이든, 불교적 상상력에서 발원하는 요소들이 적지 않게 깔

려 있다. 먼저 그것은 어떤 사물을 통해 그 이면에 존재하는 새로운 세계를 엿보는 방법을 취한다. 가령 그의 시편 안에서 사물들은 각솔기성(各率其性)에 따라 존재하지만, 시인은 그것들을 통해 새로운 이치를 발견하는 '이물관물(以物觀物)'의 방법을 일관되게 보여주고 있다. 즉 저마다 사물들은 하늘로부터 받은 본성에 따라 살아가지만, 그 이면에 새로운 본성들을 감추고 있다는 점을 시인은 투시하고 있는 것이다. 이 점 그의 시가 지향하는 세계의 깊이를 암시해준다.

조계사 대웅전 앞
합장하는 흰 소나무

누대(累代)를 입적(入寂) 않고
흰 뼈마디 묵언고행

미완(未完)의 그대를 위한
불구승의 알몸 보시

— 「하얗게 서서」 전문

조계사 대웅전 앞에 하얗게 서 있는 커다란 소나무를 두고, 시인은 "흰 뼈마디 묵언고행"으로 누대(累代)의 시간을 각인하고 있는 수도자로 은유한다. 더 나아가 이러한 수도 과

정은 "불구숭의 알몸 보시"로 전이된다 여기서 '불구숭'은 '不具僧/不求勝/不求丞' 등 다양한 함의로 읽힌다. 불구의 몸을 한 승이거나, 굳이 이기려 하지 않는다거나, 벼슬을 구하지 않는다거나 등등의 속뜻을 복합적으로 거느리게 되는 것이다. 이처럼 '불구숭'이라는 한글 기표는 다층적 한자어를 수반하면서, 이 시편으로 하여금 복합적 울림을 가지게끔 한다. 그런데 제목 그대로 '하얗게 서서' 알몸으로 묵언고행(默言苦行)하고 있는 소나무의 '보시(布施)'는 "미완(未完)의 그대"를 향한다. 여기서 2인칭으로 설정된 '그대' 역시 다양한 함의를 거느리면서 뭇 타자로 확산되는 속성을 지니게 된다.

이러한 보시의 원심력은 "하나 둘/쌓은 담벼락/하나 둘/허는 담벼락"(「무가무불가(無可無不可)」)에서처럼, 사물과 사물 혹은 관념과 관념 사이의 경계를 지우는 힘으로 전이되어 간다. 여기서 '무가무불가(無可無不可)'는 옳은 것도 없고 그른 것도 없다는 뜻으로서, 사람의 언행(言行)이 두루 중용(中庸)을 취하여 과불급(過不及)이 없는 상태를 이름하는 말이다. 시인이 바라보는 사물들은 그러한 '무가무불가'의 세계로 가득한 '상징의 숲'인 셈이다.

유리창에 갇히어
박제가 된 무당벌레

115

화려한 계절은
아쉬움만 남기고

창 열자 꽃잎이 되어
날아가는
칠보단장(七寶丹粧)

— 「풍장(風葬)」 전문

　　화려한 무늬를 한 '무당벌레'가 차폐된 창 안쪽에 갇혀 그
대로 말라 굳어버렸다. 그 "박제가 된" 시신을 부드럽고 가볍
게 풀어놓는 것은 다름 아닌 '바람'의 힘이다. 무당벌레는 그
바람의 힘에 의해 창을 열자마자 "꽃잎이 되어/날아가는/칠
보단장(七寶丹粧)"으로 몸을 바꾼다. 그 과정이 바람 속에서 치
르는 '풍장(風葬)'의 한 과정이 된 것이다. 이때 무당벌레의
몸뚱어리가 산산이 날아가는 풍경은, 마치 벌레가 새롭게 날
아가는 것 같은 환(幻)의 상상력이 작동한 것이지만, 그것은
또한 지상의 분별지(分別智)가 구별해놓은 경계들을 해체하려
는 시인의 상상력이 개재하는 순간을 보여준다. 이러한 면모
는, '가릉빈가(迦陵頻伽)'라는 상상의 새가 노래하는 소리에
대한 환(幻)을 통해 죽음을 가볍게 들어올리고 있는 「귀천(歸
天)을 위하여」에서도 이어진다. 가령 그것은 삶과 죽음의 경

116

계를 지우면서 인간 존재의 아름다움과 비극성을 동시에 표상하는 데서 드러나는 것이다.

그래서 이원식 시편에는 "반쯤 비운/찻잔 속에/여울지다/눕는/내아(內我)"(「비구니와 커피」)가 풍요롭게 담겨 있고, "길섶에 옷 벗어두고/웃고 있는/저/진여(眞如)"(「무생가(無生歌)」)의 모습들이 뭇 사물 속에 깃들여 있다. 이처럼 이원식 단수 미학에는, 불가에서 이르는 인식과 표현을 통한 생의 투시 과정이 깊이 담겨 있다 할 것이다.

3.

그런가 하면 이원식 시편의 깊이는, 이를테면 사소한 풍경 속에서 생의 이법을 유추해내는 상상력에서도 적극 발원하고 있다. 여기서 시인은 딱히 불가적 어휘나 사유 방법을 표나게 내세우지 않으면서도, 제행무상(諸行無常)의 상상력을 아름답게 펼친다. 그래서 그는 "풀잎의 손짓들이/한 줄 시(詩)였다는 걸"(「버려진 자개장」) 지극한 마음으로 바라보면서, 자신의 '시'를 통해 그 사물들의 생사일여(生死一如)의 세계를 아름답게 담아내고 있는 것이다.

유모차 속 아가가
할미보고 웃는다

휠체어에 앉은 할미
아가보고 웃는다

삶이란 구르는 바퀴
요람에서
무덤까지

— 「바퀴를 위하여」 전문

    '유모차'와 '휠체어'는 생성과 소멸, 요람과 무덤을 은유
하는 사물들일 것이다. 그런데 '유모차' 안의 아가와 '휠체
어' 안의 할머니가 서로 마주 보고 웃고 있다. 여기서 생성과
소멸이 순차적인 것이 아니라 순환적인 것이며, 긍정과 부정
의 이분법적 대립을 넘어 요람과 무덤이 한몸으로 존재한다
는 불일불이(不一不二)의 사유가 담기게 된다. 그런데 이러한
'유모차'와 '휠체어'를 동시에 지탱하고 있는 것이 바로 '바
퀴'다. 여기서 '바퀴'는 그 자체로 '윤회(輪廻)'의 상상력을
수반하면서 "삶이란 구르는 바퀴"라는 인식을 명징하게 호
출할 수 있는 개연성을 제공한다. 그래서 '바퀴'는 요람에서
무덤까지 굴러가는 생을 은유하면서, 바퀴가 굴러가듯이 생

118

사의 세계를 반복하여 그침이 없다는 '윤회'의 뜻을 함축하게 되는 것이다.

이러한 생의 이법을 사소한 풍경 속에서 발견하고 있는 이원식 시인은, 다음 연시조에서 퇴계(退溪)의 고고한 정신적 지경(地境)에 대한 흠모를 사물과의 화창(和唱)을 통해 구성해낸다. 이 또한 소소한 풍경 속에서 우리가 견지해야 할 생의 이치를 강조하려는 시인의 의지가 반영된 결과일 것이다.

세한의 바람조차 수묵으로 눕는다
한서암(寒栖庵) 옥계 위에 배어있는 절구(絶句)소리
방금 켠 등잔불 하나 이내 귀를 세운다

묵향에 취한 손끝
속울음을 삭이는 밤

뜨락 위 옷을 벗고
농담(濃淡) 앓는 달그림자

연적에 새겨진 꽃잎
물빛으로 떨고 있다

동천(冬天) 이미 어두운데 눈먼 새가 울고 있다

마지막 남은 한 줄 못내 겨운 이명(耳鳴)인가
세모(細毛)에 숙인 허리를 다시 고쳐 앉는다

— 「퇴계(退溪)의 편지」 전문

모두 세 수로 이루어진 이 작품은, 대학자인 퇴계 이황이
보낸 편지를 제목으로 삼고 있다. 퇴계는 우리의 선인 가운
데 편지를 유독 많이 쓴 분으로 알려져 있다. 가령 아들과 손
자들에게 틈틈이 편지를 보내 공부에 힘쓸 것을 당부하기도
했고, 『안도에게 보낸다』라는 서간집은 지금도 자녀 교육의
지침서로 활용될 정도로 평판이 높다. 퇴계는 말년에 고향의
한적한 시냇가에 한서암(寒栖庵)과 도산서당을 세우고 자신의
학덕을 좇아 모여든 이들을 가르치며 성리학의 연구와 저술
에 몰두하였는데, 이 시편의 배경이 바로 그 한서암이다.

세한의 바람조차 수묵(水墨)으로 번져가는 한서암에서, 시
인은 퇴계의 체온이 배어 있는 절구(絶句) 소리를 환각으로 듣
는다. 거기에는 "묵향에 취한 손끝"과 "연적에 새겨진 꽃잎"
만이 달그림자에 젖어 있다. 그 한밤에 동천(冬天)에 울고 있
는 눈먼 새는, 마치 미당(未堂)의 절편 「冬天」을 환기하면서,
"마지막 남은 한 줄"을 시인으로 하여금 이명(耳鳴)처럼 듣게
하고 있다. 퇴계의 편지가 구체적으로 무엇을 담고 있는지는
문면에 드러나지 않으나, 우리는 퇴계라는 거인을 통해 이명

처럼 우리의 본래면목(本來面目)을 경험하게 되는 것이다. 그것은 한서암을 둘러싸고 있는 사물들이 화창하면서 전해주는 고고한 정신적 지경에서 비롯되는 것이다.

결국 이원식 시인의 시조 미학은, 소소한 풍경 속에서 높은 정신적 지경을 발견하면서, "생(生)이란 이런 것인가/파낼수록/아득한 것"(「돌의 깊이」)이라는 경구(警句)를 채집해가는 과정을 보여주고 있는 것이다.

4.

우리가 지금까지도 보아왔거니와, 이원식 서정의 발원지는 단연 '자연 사물'이다. 원래 '자연(自然)'은 스스로[自] 그러한[然] 존재자들로 구성된 물리적 실체이다. 시사적으로 볼 때도 '자연'은 원형성, 보편성, 체험적 직접성 등을 거느리면서 많은 시인들의 체험 속에 광범위하게 녹아 있는 어떤 것이었다고 할 수 있다. 물론 형상화의 양상을 살필 경우, 보편적 사랑의 추구, 형이상적 관념의 대입, 자연 자체의 즉물적 묘사 등 여러 작법이 있겠지만, 그 어느 것도 자연에서 '시적인 것'을 발견하고 근원적 가치를 노래하지 않은 것을 찾아보기는 힘들다. 그만큼 '자연'은 우리 시에서 매우 깊고도 넓은

지층을 형성하고 있는데, 이원식 시편의 수원(水源) 역시 그러한 자연 사물의 풍부한 형상에 닿아 있다고 할 수 있다.

> 천둥소리에 놀라
> 깨어보니 새벽이었다
>
> 창문밖 젖는 소리
> 빗물인 줄 알았는데
>
> 어둠 속 숨어서 우는
> 작은 새의 눈물이었다
>
> ―「몹시 아프던 날」 전문

천둥소리에 놀라 새벽잠을 깬 시인은, 그 천둥이 몰고 왔을 빗물이 창을 적시는 줄로만 알았다. 그런데 그것이 "어둠 속 숨어서 우는/작은 새의 눈물"이었다는 것이다. 물론 창을 두드린 것은 빗물이었을 것이다. 이때 사물이 몸을 바꾸는 일종의 전이(轉移)적 상상력이 발휘된다. 사물 뒤의 사물을 바라보는 그의 시선이 개입하게 되는 것이다. 마찬가지로 「사라진 공원」에서는, 새들의 지저귐을 '눈물'로 전이시키는데, 벤치가 있던 자리에 깃털 하나가 젖어 있는 것을 "넋 삭여/남겨준 시어(詩語)"로 보게 되는 것이다. 이처럼 사물의 근본 이

치는 즉물성으로 존재하는 것이 아니라, 그것을 해석하고 유
추하는 시인의 전이적 상상력에 의해 존재하게 되는 것이다.

더 나아가 시인은 "잡힐 듯/손에 물드는/푸른/눈물/한 방
울"(「추일(秋日) — 박용래 시인을 생각하며」)에서처럼 '눈물
젖은 시'를 욕망하면서, 무변(無邊)의 깨달음을 지향하는 시
를 끊임없이 생성하게 된다. 이미 목숨을 다한 나무에서 어
떤 근원적인 말씀을 듣기도 한다.

마지막
잎새마저
미련 없이
떼어냈다

다 비우고
남은 한 짐
시리지도
않구나

가만히
눈을 감는다
들려오는
해조음

―「겨울 고사목」 전문

마지막 잎새까지 다 떨군 한겨울의 '고사목(枯死木)'은, 자신의 몸에 남아 있던 마지막 한 가지마저 모두 다 비워낸다. 그 순간 가만히 눈을 감고 비로소 듣게 되는 "해조음"은, 일차적으로는 멀리서 들려오는 파도 소리를 뜻하겠지만, 심층적으로는 부처의 말씀을 비유하는 뜻으로 쓰이게 된다. 이러한 사유의 방법은 "깊은 산/깊은 숲 속/명상에 잠긴 나무들"(「노루귀」)을 통해서 신성(神聖)에 가까운 사물의 근본 이치를 경험한다든지, 돌멩이 하나에서도 "수천 겁(劫)도/넘은 인연"(「개울가에서」)을 느끼든지 하는 너른 국량(局量)에서도 넉넉히 입증된다.

그 깊은 인연들 가운데, 시인이 자신의 원초적 기억과 사랑을 실어 형상화하고 있는 가장 주된 대상은 '아버지'다. 그만큼 '아버지' 형상은 매우 따뜻하고 아름다운 기억으로 구성되면서, 관계의 '유전(遺傳/流轉)'이라는 테마를 응집하고 있다는 점에서 이채롭게 읽힌다고 할 수 있다.

　　오래된
　　낙엽처럼
　　힘겨운
　　사진 한 장

세월의 때
입고계신
그 시절
내 아버지

이제와
자세히 보니
내 얼굴이
거기 있네

— 「얼굴」 전문

　　오랜 시간이 흘러 낡은 사진 안에 계신 아버지는, "세월의
때/입고계신" 채로, 그 시절 그 자체로 존재하신다. 사진 속
의 아버지는 시간의 풍화를 안 겪고 계신 것이다. 하지만 이
제 시인이 아버지의 나이가 되어 그 사진을 자세히 보니, 그
안에 자신의 얼굴이 들어 있는 것이 아닌가. 마치 할머니의
'휠체어'와 아가의 '유모차'가 순간 교차하듯이, 생은 이렇
게 세대를 격하여 반복되고 유전된다. 그 아버지와 걸었던
달밤의 길을 "어느 밝은/보름밤/아버지와/걷던 생각//저 달
도/기억하겠지/셋이 함께/걷던 밤을"(「思父曲－달밤」)이라
고 표현하고 있는 그의 이 같은 기억은, 「사부곡(思父曲)－산

책길」로도 이어져 이제 자신이 아버지가 되어 아들을 바라보는 시선으로까지 나아가게 된다. 겨울밤에 아들과 걸어가던 시인은 하고 싶은 말이 많아도 그저 "철부지/그때 내 모습"인 아들의 모습만 보고 걷는다. 이때 '겨울밤'은 일차적으로는 시간적 배경이겠지만, 심층적으로는 자신의 생이 결국 아이로 이어질 것을 은유하는 시간적 표현이 된다. 그 순간 그는 "갈 길은 멀기만 한데/닳아버린/생(生)의 굽"(「낡은 구두」)을 느끼게 되는 것이다.

5.

이원식의 첫 시집 『누렁이 마음』은, 이처럼 단수의 미학적 정수(精髓)를 선명하게 보여주면서, 불가적 인식과 생의 이법에 대한 성찰, 그리고 투명하고 섬세한 서정을 일구어 보여주고 있다. 우리가 잘 알듯이 '정형'이라는 형식적 제약은, 일탈과 불화와 부조화보다는 질서와 화해와 조화 쪽을 겨누고 있다. 그 점에서 '시조'라는 양식이 견지하는 선험적 골격인 '정형'은 섬세하게 지켜져야 하는데, 이원식 시조 미학은 그러한 기율을 잘 지켜내고 있는 세계이다.

가장 짧은 형식을 통하여 시를 쓰려는, 곧 언어를 부리면서도 언어의 명료함을 방법적으로 부정해보려는 노력은, 이원식 시인으로 하여금 압축과 긴장의 미학에 대한 집착을 견고하게 지켜오게끔 했다고 할 수 있다. 이러한 압축과 긴장의 감각은, 언어 자체에 대한 부정이 아니라, 언어가 과잉되는 것을 경계하려는 방법적 전략을 말하는 것이다. 이원식 첫 시집이 보여주는 위의(威儀) 역시 이러한 시조 미학을 정공법에 의해 구현한 성취에서 비롯한다고 말할 수 있을 것이다.

　정형으로 빚어진 비승비속(非僧非俗)의 서정에서, 한 걸음 더 나아가, 다음 시집에서는 더욱 활달하고 다양한 형상들이 읽혀지기를 깊이 소망해본다.

누렁이 마음

글쓴이 / 이원식
펴낸이 / 孫貞順
펴낸곳 / 모아드림

1판 1쇄 / 2007년 6월 20일

서울 서대문구 북아현3동 1-1278
전화 / 365-8111~2
팩시밀리 / 365-8110
E-mail / morebook@morebook.co.kr
http://www.morebook.co.kr
등록번호 / 제2-2264호.(1996.10.24)

ⓒ이원식
ISBN 978-89-5664-104-1 (03810)

* 잘못된 책은 구입하신 서점에서 바꾸어 드립니다.
* 지은이와의 협의하에 인지를 붙이지 않습니다.

값 6,000원